序言

這個故事讓我想起小時候那些「新」經歷。由我作為唯一的非華裔學生緊張地進入教室，到焦慮地看着朋友們初嘗印度餐的反應。不管一開始時多麼令人生畏，它們幾乎都成為我喜歡的有趣經歷。

在《MeowMeow不見了!》中，小靜一開始對生活環境上的轉變感到緊張，但丟失愛貓竟成為難得的契機，促使小靜積極地探索社區，學會留意、接觸和欣賞身邊不同的人和事。她在一天的時間內，由開始時只靦腆地提問「哪裏?」，很快就變成對鄰舍熱情的讚歎。

我相信，只要勇敢地面對，就會發現每天都有新事物和令人興奮的事情在等着你!

因此，就像尋找MeowMeow一樣地過每一天，你會比想像中看到更多，更能享受生活。

阿V (Vivek Mahbubani)
棟篤笑表演者
香港十大傑出青年

《MeowMeow不見了!》講述的故事取材自現實生活，並把多元文化融入了孩子的日常生活中，就如我們跟隨小靜的腳步，尋找她丟失的寵物，一起走遍香港油麻地這個充滿多元文化的社區。

香港常被視為一個文化大熔爐，容納了來自不同種族和文化背景的人。作為一個文化多元的城市，提高孩子的文化意識和包容能力是非常重要的。通過認識和欣賞不同文化的差異，與不同文化背景的人互動，能夠幫助孩子學會接納和包容別人，這有助豐富人們的生活，為社區和社會帶來創新，並且注入活力。這也是「愛同行」(WEDO GLOBAL) 努力追求的願景，在這個我們居住的城市——香港，我們努力促進更大的種族融和。

希望孩子、家長和老師都享受閱讀這繪本故事，通過小靜的經歷，激發大家的好奇心，樂於去了解、欣賞和珍惜與社區上不同文化背景的人溝通和互動的機會，並從中得到啟發。

萊韻詩博士 (Dr. Alison E Lloyd)
愛同行基金會董事

新型冠狀病毒疫情令世界幾乎停擺，但「愛同行」(WEDO GLOBAL)於文化共融的工作卻沒有停頓，更在疫情下協助及培訓少數族裔婦女成為「車縫大使」，製作富文化特色的產品，既可讓她們幫補家計，又可推廣社會共融。我非常榮幸能參與其中，為其設計理念和創作給予意見和支持 。

我是土生土長的香港人，同時是多媒體藝術家、設計師、陶藝工作者，亦是愛貓之人，成長環境讓我感受到社區內和諧共處，鄰舍間互助互愛的美好。《MeowMeow不見了！》繪本以主角小靜尋貓的經歷，採用簡單、輕鬆的手法，帶出香港的社區文化，以及共融、互助和盡責的精神，突顯人與動物，以至社區內不同族裔、背景的人的連繫，啟發家長和小朋友思考。

香港是文化多元的社會，從小培育孩子包容和欣賞不同年齡、性別、殘疾、種族、宗教和傳統的人，只要我們繼續正確教導小朋友能夠多包容、欣賞和彼此接納，定能推動關愛、互助的社會。我跟「愛同行」(WEDO GLOBAL)和大家一起努力，體現這個使命的核心價值！

葉蘊儀
多媒體藝術家

語言、文化與故事有着密切的關係，講故事是文化交流的一扇窗。透過故事，我們可以認識和了解不同文化的相似與差異。故事不論在語言或文化上，都能高效地促進文化智商的發展。文化智商是指與來自不同文化背景的人進行有效溝通和互動的能力。在文化日益多樣化的世界中，我們的文化智商尤為關鍵，而《MeowMeow不見了！》用一種新穎的方式突顯了其重要性並提高讀者的文化智商。

我很榮幸為《MeowMeow不見了！》這本觸動人心的繪本故事寫序言，我相信讀者都會被這個故事吸引。我認識「愛同行」(WEDO GLOBAL)有一段時間了，非常欣賞他們提倡多元文化教育的理念，培訓來自不同族裔的文化大使，舉辦導賞團與工作坊並建立起跨文化溝通的橋樑。我欣賞他們不斷推陳出新與擴闊多元文化教育的信念與行動。我讚賞他們這次全新的嘗試，通過出版繪本故事，促進老師、家長和孩子們對跨文化的交流和理解，從而推動文化智商方面的發展。

陳裕成博士 (Prof. Tan Joo Seng)
新加坡南洋理工大學南洋商學院EMBA學術主任
南洋理工大學商學院副教授

MeowMeow

作者　羅乃萱　　　　插畫　Animomo

小靜是爸爸媽媽的寶貝，而
家中的白貓MeowMeow，
就是小靜的寶貝貓。

下星期，我們要搬家了！
真的要搬家了，
MeowMeow不喜歡新
地方的……

MeowMeow很快會適應的。我們新居所在的社區，擁有不同文化氣息，有很多有趣的地方，我們可以帶MeowMeow一起去探索一下。

小靜聽了爸爸媽媽的話，感到這個社區好像很不錯，也開始盼望搬家那天。

終於，這天到了。
小靜看着搬運工俐落的動作，
心想：「他們力氣真大啊！」

這時候，鄰居的大門打開，
小靜看看，心想：
「他是鄰居嗎？」

小靜很好奇，但她向來像
MeowMeow一樣，很怕生。

下午三時多，所有東西
都搬進新居了。

小靜突然想起，
MeowMeow去了哪兒？

MeowMeow，你在哪？
MeowMeow，你快出來！

MeowMeow？

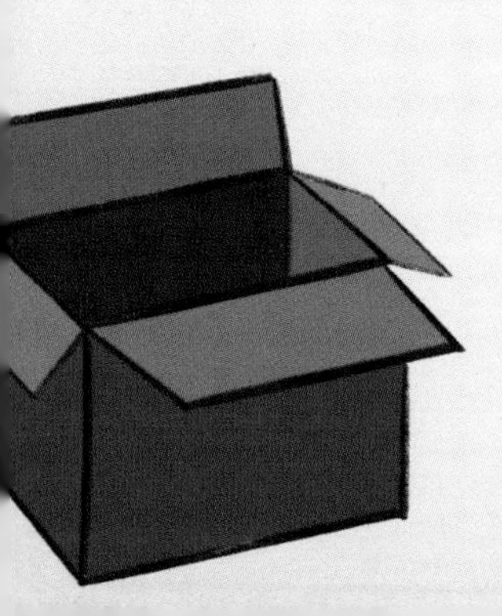

媽媽，我要去找MeowMeow!
嗚～嗚～嗚！

等我一下，我跟你一起去找。

沒有呢。
管理處
叔叔，您有沒有見到MeowMeow，就是我家那隻白色貓！

媽媽和小靜見不遠處有一間廟宇，那是天后廟。

小靜聽到媽媽禮貌地問
廟祝叔叔，可是廟祝叔
叔説沒見過，但他容許
她們入廟找找看。

可惜，她們沒見到
MeowMeow的蹤影。

小靜很焦急，媽媽安慰小靜。
我們不能盲目地四處跑，要思考MeowMeow可能去的地方，我先用網上地圖看看。
心心文具

大街上，媽媽和小靜經過林林總總的店鋪，有小靜認識的，也有小靜沒見過的，小靜感到陌生而有趣。

媽媽和小靜來到一家乾貨店，店內散發出一陣很像MeowMeow愛吃的小魚零食的香氣。

那是MeowMeow啊，
牠……

那不是MeowMeow！
那是店主飼養的花貓。

伯伯，您有沒有見到一頭白貓？牠叫MeowMeow。
沒有呢，但我們家的小黃也很可愛，很愛交朋友，歡迎常來探望牠啊！

小靜仍不放棄，繼續到處找 MeowMeow。

她們又經過不同的店鋪。

然後，她們被一間雜貨店吸引住。這店鋪很特別，賣的東西特別多。店內有陣陣香氣，小靜想起MeowMeow喜歡貓草，牠也會被吸引來這裏嗎？

姨姨，您有沒有見
到一頭白貓？牠叫
MeowMeow，牠很
喜歡貓草的。

के तपाईले सेतो बिरालो देख्नु भएको छ ?
(你有沒有看見一頭白貓？)
COOKIE
COOKIE
COOKIE

我也用尼泊爾語問過，可
惜客人都沒看到呢。
但附近有個果
欄，經常有貓
狗出現，或者
你們到那裏看
看吧。

基督教小學
信望愛
小靜拉着媽媽的手，往果欄那邊走去。
啊，小靜，你新學年就在這裏上學了。

請問……你們有沒有見到這頭白貓？牠叫MeowMeow。
啊！我見到那邊有很多狗狗貓貓，說不定你的MeowMeow在那兒呢？
GRAPE JUI

小靜懷着希望走入果欄。

我們也很喜歡貓的，MeowMeow走失了，你一定很傷心了，我們幫你一起找吧。

小靜跟大姐姐聊起
MeowMeow的生活
習慣和喜好。

小靜也會用手勢説明。

雖然還未找到MeowMeow，但小靜
得到大姐姐幫忙，感覺踏實了不少。

她們還在附近街上找了一會，直至夜幕低垂。
我們先回家想想辦法，明天也可以再找找看。
嗯。

回到家裏，小靜因為認識了新朋友而有點高興，沒那麼難過了。

雖然她心裏還是記
掛着MeowMeow。

爸爸媽媽，
我要MeowMeow!
我要帶MeowMeow回家！

原來，MeowMeow因為到陌生地方太害怕了，趁着大家不留意，竟機靈地躲起來。

小靜和媽媽為了找MeowMeow，在新社區跑了半天，她們都很疲累啊，為甚麼會向MeowMeow道謝呢？

失而復得的反思

《MeowMeow不見了!》是一個真實的故事，發生在我搬家那年。而當時的小貓，真的是在忙亂中走失了。

牠可是我們一家的寶貝，突然不見了，大家的心情都不好過。還記得失去牠的幾個小時，我們從新家的樓上跑到樓下，問保安，厚着臉皮問不相熟的鄰居，他們都樂意相助，但偏偏就是見不到愛貓的影蹤。到最後，就跟故事的結局一樣，原來牠偷偷躲到書架後，害我們一場虛驚。

但這個失去的故事背後，卻讓我們一家跟保安和鄰居熟絡起來。所以在構思這個《MeowMeow不見了!》的故事，就用了這個真實故事作藍本，配上了主角小靜跟媽媽的尋貓之旅。過程中，小靜遇見很多有愛心的人，好像保安叔叔、廟祝叔叔、乾貨店店主、尼泊爾雜貨店姨姨，還有附近小學那位南亞裔的同學，正在買水果的巴基斯坦一家等等，每一個人都樂意幫忙，對小靜和媽媽十分友善。真沒想到，失貓的經歷，卻成為小靜與媽媽跟四周鄰居朋友打招呼的第一步。

記得童年讀過的一句話:「在不同人的身上，我們都有不同的學習。」這句話的意思，是鼓勵我們多交朋友，特別是那些文化背景還有説的語言跟我們不一樣的，正是這樣，我們才能彼此交流、吸收和學習別人的精粹。

從小靜這位小女孩身上，我們看見交友之道就是：

保持微笑跟對方主動打招呼。
微笑也是最好的潤滑劑，打開人與人之間的隔膜。問對方一些問題，讓彼此更多了解。故事中小靜就是問不同的人，有沒有見到她的白貓MeowMeow。

對話時專心聆聽及表達興趣。
留意小靜跟不同的人講話，眼睛都是看着對方的，而且面對跟自己文化不同的朋友及物品，她更表達強烈的興趣，看她跟那位巴基斯坦大姐姐，雖然語言不通但手勢「搭夠」，大家談得開心極了。

提出要求，接受幫忙。
我們常說「助人為快樂之本」，但在有需要時，像小靜與媽媽懂得向不同的人求助，也是人與人之間的一道溝通的橋樑。

懂得禮貌說再見及多謝。
懂得感謝與說再見，是一種禮貌，也為將來的關係打開了一道門。

所以，碰到新環境，新朋友，不用怕！可能正正是跟陌生人建立關係的契機。真是「小靜失貓，深知是福！」所以，小靜和媽媽才會在故事最後，跟MeowMeow說多謝呢！

帶着問題找找看

小朋友，請在《MeowMeow不見了!》繪本中邊閱讀邊找答案。

1. 小靜和媽媽在社區裏尋找甚麼?你試過找不到一些物件或寵物，要在社區裏到處找東西嗎?

2. 小靜和媽媽經過哪些地方和店鋪?

3. 店鋪內有甚麼貨品?哪些是你見過的?哪些是你沒見過的?

4. 店鋪最吸引你的是甚麼?那是甚麼顏色的?

5. 有一間店鋪的店主用小靜聽不懂的語言溝通，你知道她是甚麼人嗎?你怎麼知道?

6. 遇上別人説你聽不懂的語言，你會怎樣與他們溝通?

7. 小靜和媽媽為何向MeowMeow道謝?

少數族裔交流之旅

1. 跟你的家人到居住的社區認識一下鄰舍，試試友善地向他們問好。

2. 跟着「愛同行」專家導師，或少數族裔導師遊特色社區，了解少數族裔在香港的日常生活、相關故事，以及他們面對的挑戰和限制。

3. 進行少數族裔交流之旅網上版活動，在「愛同行」文化大使帶領下，遊走社區及穿梭多元特色店鋪，並與文化大使互動問答，了解不同文化背景和族裔人士在港生活的故事。